봄 소풍 가을 여행

봄 소풍 가을 여행

김권채 글

늦깎이 결혼처럼,
종심(從心)의 나이를 넘긴 일흔 즈음,
문단에 조심스레 첫 발을 내디뎠습니다.
그리고 십여 년
그 세월을 마음속 그리움 하나로 걸어와
이제야 첫 시집을 세상에 건넵니다.

2016년 등단 당시,
퍼내도 마르지 않고
부어도 넘치지 않는 글 샘이 되고 싶다 다짐했지만,
그동안 나는 얼마나 깊고 따뜻한 마음을
글로 퍼 올렸는지 문득 자신이 없어집니다.

비록 큰 그늘은 되지 못하더라도,
한여름 지친 이가 잠시 쉬어 갈 수 있는
푸른 나무 그늘 아래 벤치처럼,
메마른 하루 끝에 닿는 한 모금의 석간수처럼
제 글이 누군가의 마음에 조용한 위로로 스며들기를 바랍니다.

이 시집은 한 사람의 오래된 그리움이며,
흘러간 시간 속에 남은 사랑의 자취입니다.

부족한 글이지만 마음을 다해 썼습니다.
그 마음을 품어주신 당신께,
깊이 고개 숙여 감사를 드립니다.

목차

2부 — 여름, 생의 한가운데에서

3부 ─ 가을, 그리움과 회상

4부 — 겨울, 고요한 사랑과 추억

1부

봄, 피어나는 마음

나는 누구입니까

모두를 이기는 사람보다
자기를 이기는 사람이
더 강한 사람입니다

모든 적을 이기는
강한 사람보다
적을 만들지 않는 사람이
더 강한 사람입니다

그림은 멀리서 바라보아야
더 잘 보인다고 합니다

사람도 너무 가까이 지내면
그 사람의 좋은 점이
안 보일 때가 많습니다

가까운 나를
나 아닌 다른 사람으로
남이 나를 보듯이
멀리서 나를 보아도
내가 잘 안 보입니다

산수의 나이에
오늘도 해가 저무는데
아직도 내가
누구인지 잘 모르겠습니다

또 한 해가

또 한 해가 열 길 물속
밀물처럼 소리 없이
밀려갑니다

이제 내 나이가
몇 살인지 차근차근
세기에도 숨이 가빠 옵니다
나이를 살이라 한 것이
인생살이에서 온 것이라면
한 해를 어떻게 살이 했는지
잘 모르겠습니다

내 나이 수만큼
촛불을 켜 놓고
제야를 밝히고 싶지만
자리가 좁은 것이
너무 서럽습니다

완도 봄 손님맞이

엄니!
내일은 제비가 강남에서
손님을 몽땅 몰고 온다는디
무슨 국물을 끓일게라우

워매! 깝깝한 거
그걸 몰라서 물어보냐

도다리 쑥국하고
간재미 미역국에다
마늘, 양파, 쪽파 숭숭 썰어 넣고
된장으로 간 맞춰 국 끓이고

톳, 돌미역, 섬 달래, 갯방풍에
매실, 들기름 둘러쳐서
초고추장에 무침하면 되제

잠 못 이루는 밤에

잠 못 이루는
지독한 밤에는

까만 천정에
하얀 글씨로

아무도 읽지 않는
시를 써 봅니다

날이 새면 지워질
시를 써 봅니다

웃음 꽃

화를 내야 할 때

화 내지 않고

미소로 화를 낸

당신의 미소가

백제의 미소 같은

천사의 미소입니다

거울

군대 현역 시절에
결혼을 하게 되었다

현역 생활이 특수부대여서
사복을 입고 휴가를 오곤 했다

특별 휴가를 얻고
결혼 기념으로 ○○○ 보안부대
라는 글씨가 새겨진 커다란
거울을 선물로 주어서

거울을 깨트리지 않으려고
덜컥 거리는 차 안에서
발등 위에 올려놓고

강원도에서 완도까지 내려왔다
파경이라는 말은 결혼 생활이
파탄 난다는 말로
거울이 깨진다는 말이다

그래서 거울을

깨트리지 않으려고
그 머나먼 길을……

새해 소망

한 살 더 먹어도
나이를 먹지 않고
익어 가는 사람이
되었으면 좋겠습니다

나이가 더 들어도
걸어가는 발자욱이
반듯했으면 좋겠습니다

나이가 더 들어도
말을 더 적게 하고
주머니를 더 열었으면
좋겠습니다

모래 우는 소리

모래 우는 소리
십 리 간다는
그 이름 명사십리

파도는 위리안치
이세보의 몸부림이요

모래 울음은 이세보의
통곡이어라

모래고동이 온몸으로
맨발 걷기 연인들을 등 태우고

해양 치유 감탄에
소라 껍질 휘파람 소리가
겨울 나그네 발길을 붙잡는구나

울 엄마

울 엄마 외동딸로 태어나
내 딸 손에 흙 안 묻혀야지

어쩌다 농사 집으로 시집가
그 예쁜 얼굴 밭이랑에
눈물 고이고

고운 걸음걸이 기우뚱
오리걸음 되었네

혹시라도 들에서 일하다
멧돼지와 마주칠라 치면
별수 없이 그냥 주저앉아
버리지요

이놈의 기상 통보관
무릎 때문에

그런 울 엄마
이제는 날지 못하는
소쩍새 되어

해마다 봄이면 소쩍 소오쩍
밤새워 피 울음 울어 댑니다

누가 나에게

누군가가 나를
화나게 할 때는

"그럴 때도 있어"라고 참으세요!

누군가가 나에게
싫은 소릴 할 때는

"그럴 수도 있어"라고

누군가 나를
몹시 미워할 때도

"그런 사람도 있어"라고

"그럴 때도", "그럴 수도", "그런 사람도"는
바로 나이니까요!

구구구

비둘기 구구단을 외운다
구구 팔십일
구구 팔십일

구구단이 어렵나 보다
구구단 마지막 구절을

이른 새벽부터 저녁 늦게까지
외우다니

나는 수포자가 되었지만
너는 수포자가 되지 마라

김장 배추의 변신

김장은 엄마의 손끝에서 나온
종합 예술이다
우리 집 김치는 해를 묵힐수록 더
아삭해지는 엄마 표 시골 김치다

밭에서 걸어 나온 배추
속살 감싼 겉치마 벗고
두 동강으로 갈라진 후
단상에다 뭇 쌓기 하고 나면
하루해가 금방 넘어가고

해수 탕에 담금질한 후에
소금 옷 걸쳐 입고
숨죽이기 하고 나면 또 하루가

다음 날 아침 물속에서 떨고 나면
무대 위에 정렬하고
마늘, 양파, 생강, 당근 녀석들과
사과, 배, 도마 위에서 조각나고
다시 믹서기 안에서 회전목마
타고 나면 하루가 후딱

멸치, 다시마, 무 등으로
우려낸 육수에 찹쌀 풀 쑤고
걸쭉한 풀통 속에서
젓갈, 굴, 새우 등등 수산물과

땅에서 나온
갖가지 속 재료와 고춧가루에
범벅이 된 채
한 발 남짓 왕 주걱으로 노 젓기
하고 나면 짧은 해가 뉘엿뉘엿

마지막 날 엄마들 손끝으로
주인공 속치마 겹겹이
색동옷으로 갈아입히고 나면
일 년 농사 김장이 끝난다
끝으로 자식들에게 보낼 김장 박스 붙이면
지루했던 모든 일이 끝나고 손을 씻는다

한 해만 한 해만 한 것이
또 한 해가 묵은지가 되겠다

명사십리가 부른다

맨발로 걷는 사람들
십리에 이르는 명사십리
지금은 해양 치유
입소문이 천리를 간다오

일상에 찌든 몸과 마음
먼지 털 듯 훌훌 털어 버리고

모진 풍파 이겨 온
당신의 육신을 위해

여름날 낮잠처럼
푹 쉬게 하셔요

해양 치유 달라소풀에서……

나는 당신입니다

나는 당신이면서
나이고
나이면서 당신입니다

당신인 내가 탐욕을
부리면
나이고

당신인 내가 마음을
비우면
당신입니다

당신 같은 나를
참 나를 찾으려고

오늘도 어두운 굴속을
헤맵니다

동박새 울던 날

동백꽃
시들지도 않고

하늘이 무너지듯
무참히 떨어져

하얀 눈 이불 둘러쓰고
누워 있던 날

동박새
꽃이 진 빈자리에

외로이 앉아
서럽게 울었답니다

어느 봄날
춘백마저 떨어져

동박새
한 해를 다 잃은

억장 슬픔에 시름시름
앓고 말았답니다

노래와 인생

이야기는 거짓이 있지만
노래는 거짓이 없다고 합니다

노래 속에 인생이 담겨 있습니다
거기에는 열병 같은 사랑도 있지만
역병 같은 이별이 더 많습니다

희로애락이 가락으로 이어집니다
낮은 음 같은 목멘 삶의 고달픔도
높은 음표 같은 목마른 기쁨이 있기에 참아갑니다

낮은 음이 언제까지 이어지지 않듯이
삶의 고달픔도 살다 보면 노래 가락처럼 넘어갑니다

높은 음 다음에 낮은 음이 와야 화음이 됩니다
구름이 언제까지 햇볕을 가릴 수 없듯이

삶이 고달 퍼도 콧노래로 달래보고
하찮은 노래에서 삶의 의미를 찾아봅니다

둥근 달

전봇대 끝에
둥근 달이 걸려 있습니다

모서리에 둥근 달이
상할까 봐
한 발짝 비켜섰습니다

달님이 미소를 보냅니다
당신이 웃고 있습니다

오늘 밤에 달덩이 같은
당신과 작설차 한잔
나누면서

방앗간 추억
참새처럼
재잘거리고 싶습니다

운전과 인생살이

운전은 걸음이고
운행은 걸음걸이입니다

운전은 인생이고
운행은 인생살이입니다

운전은 살아가듯이 해야 하며
인생살이는 운행하듯이 살아야
합니다

살아가면서 남을 배려하고
양보하듯이
운전도 당신 먼저 양보하는
운전사가 모범 운전사입니다

비싼 차는 아니지만
아름다운 사람이 운전하는 차가
가장 좋은 차입니다

느리게 사는 사람이 오래 살듯이
천천히 가는 차가 멀리 갑니다

봄 소풍 가을 여행

빠름과 비틀거림은
느리게 사는 사람이 버리고 싶은
폐지입니다

고향 찾은 자식들에게
팔순 어머님이 이릅니다
"쉬엄쉬엄 천천히 올라가거라"

아내의 눈물

아내가 부엌에서
눈물 콧물 닦으며
나옵니다

"아침부터 무슨 일로 눈물인가?"

돌아오는 대답이
황당합니다
"양파가 너무 매워서"

양파는 한순간에
동강난 운명을
"여자의 일생" 같은
눈물로 앙갚음
했나 봅니다

저녁 밥상에 올라온
양파는
전혀 맵지 않습니다

양파가 차디찬 혹한의

냉장고 맛을 보고서야
순한 맛을 내듯이

사람도 냉엄한 고난을
겪고 나서야
순수하고 강한 사람이
되는 것 같습니다

여보! 우리 이제부터는
꽃길만 걸읍시다

검정 고무신

작은 설날 밤
머리맡에 검정
고무신

긴긴 겨울 밤
소년은 검정
고무신을 타고
꿈 하늘 노닌다

꽁보리밥 끼니에도
좀들이 쌀 팔아
사 주신 엄마 표
검정 고무신

설날에도 아까워
신을 수 없다

당신의
살붙이인 양
설날에도 헌
고무신을 신으신

우리 어머니

이제는 헌 신발도
신지 않으시고
추운 하늘나라에
계신다

군불이 타오르면

타닥타닥
겨울 밤 장작 타는
소리가
굴뚝의 연기 타고
초가지붕을 감싼다

자기 몸을 태워
이리도 따뜻하게
방 구석구석을 데운다

할멈!
오늘 고생 많았어
이리와 허리 좀 지져

돌아눕는 할아버지
눈시울에 실안개
서린다

봄 소풍 가을 여행

아름다운 사람

사람을 볼 줄
아는 사람은
남을 눈으로 보지 않고
가슴으로 봅니다

글을 쓸 줄 아는 사람은
남의 글을 눈으로 보지
않고 마음으로 읽습니다

오늘도
남을 가슴으로
보기를 빌어 봅니다

2부

여름, 생의 한가운데에서

수고로운 손

손!

너는 태초에 발이었다지
인간이 직립으로 걷기
시작하면서 손 너는 고생문이
활짝 열렸겠구나

그때부터 너는
고생의 화신이 되어
"손이 고생한다"는 "수고"라는
말이 태어났다지

부모님이 주신 신체 중에
어느 것 하나 소중하지
않는 것이 있으리요만은

그중에서도 묵묵히
고생하고 있는
손! 너를 제일 사랑한단다

주인을 잘못 만났을 때는

폭력의 도구가 되지만
좋은 사람에게는 사랑의 표시로
손을 내밀기도하고
잡아 주기도 하지

얼굴이 예쁜 사람보다
마음이 예쁜 사람이
마음이 예쁜 사람보다
봉사하는 사람이
더 예뻐 보이는 것은
손! 너의 수고로움이 있기 때문이야

오늘도 수고했다

당신의 뒷모습

젊어서는 화장도
안 한 당신의
얼굴이

새벽에 갓 피어난
장미꽃처럼
그리도
아름다웠습니다

세월 실은
강물 위의
종이배 흐른 뒤

이제 와보니 허리
굽은 당신의
뒷모습이

더 쓸쓸해 보이는
것은 무슨
까닭일까요?

이제는 축 늘어진
당신의 어깨에

내 마음의 겉옷을
입히고

남은 여행길 더
쓸쓸하지 않게

손 꼬옥 잡고
같이 걸으렵니다

바다와 파도

바다!
너는 부서지는 운명으로 태어났구나
아니 부서져야 하는 숙명으로 태어났단다

부서져야 너의 하얀
속살을 보여 줄 수 있으니까
그래서 갈매기는 너를 밉도록 사랑한단다

부서지는
처절하게 부서지는 너의 강인함으로
돌섬은 깊이를 알 수 없게 뿌리 내리고 있단다

파도 소리는 바다 너의 비명이 아니라
환희의 아우성이고 태고의 절규란다

바다 너는 부드럽기 때문에 딱딱함을 이길 수 있고
나약하기 때문에 강인함을 이길 수 있단다

그래서 너는 나의 영원한 스승이고
깨지지 않는 거울이란다

할머니 장마 속으로 가시다

홀로된 삼십 년 세월
등 붙이고 사시던
오막살이 올 장마가
앗아가 버렸다

이제는 이 세상
어디에도
기댈 곳이 없다

부르심인가?
시름시름 앓으시던
할머니!

이제는 아무리
억수장마 퍼부어도
잠기지 않을
뒷동산 언덕배기

할아버지 사시는
곳으로 길을 나섰다

가정의 달에 부치는 편지

사람은 태어난 곳이 있습니다
태어나고 자라난 곳이 가정입니다

지금은 가정에서 태어난 사람이 없습니다
엄마의 아늑한 품 대신 산후 조리원 조무사의
온기 없는 품이 대신합니다
엄마의 따뜻한 모유 대신 우유가 대신합니다

태어날 때의 가정은 병원이 돼버리고
청소년기의 가정은 살벌한 학원이 되며
늙어서는 감옥 같은 요양원이 가정이 돼버렸습니다

아빠는 가장이고 교장 선생이라면
엄마는 담임 선생이고 가정 교사입니다
그러나 아빠는 명예 가장이 돼버렸고
엄마는 보모가 되고 시간 강사가 돼버렸습니다

아빠와 엄마의 무릎 밑이 슬하입니다
부모님의 슬하 대신 어린이집 교사의
무릎 밑이 슬하가 돼버렸습니다

봄 소풍 가을 여행

비록 화장품은 싸구려 구루무 한 통이지만
동백기름에 머리 빗고 구루무 화장에 미소 짓는
울 엄마 화장경대 자리에
어린이집 CCTV가 대신하고 있습니다

부대끼며 맞대고 뒹구는 곳에서 정이 생기지만
거꾸로 가까운 사람끼리 다투고 싸우며
멀어지고 헤어지는 것이 어쩌면 숙명처럼
안고 가야 하는 삶의 역설인지도 모릅니다

지금은 악마 같은 코로나가
부모님의 가정이 돼버린 요양원 담장을 높이고
비틀거리는 가정을 붕괴시키고 있습니다

황사나 코로나는 개인 마스크가 있지만
오염되고 붕괴돼 가는 가정은
마스크가 없다는 것이 아프도록 나를 우울하게 합니다

임은 아주 가시지 않았습니다

임은 갔습니다
오월 낙엽처럼
임은 가시었습니다

임은 떠났지만
아주 가시지
않았습니다

죽었어도
그 이름 오래오래
기억되면 살아 있는 것

살았어도
그 이름 惡臭 나는
汚名이라면

전하십시오
그 이름 두고두고
환멸의 나락에서

허우적거리는

봄 소풍 가을 여행

죽은 목숨이요
"메맨토 모리"라고

"메맨토 모리" 너는 반드시
죽는다는 것을 기억하라

울 엄니

울 엄니는 절해고도에 유배 온 죄수처럼
오랜 세월 홀로 살아오고 있습니다

그날그날 살아온 것이 아니고
실낱같은 하루하루를 이어가고 있습니다

울 엄니는 지팡이가 길동무였다가
지금은 유모차가 동무가 돼버렸습니다

울 엄니는 자식들이 사 보내준 신경통약에다
보건소 약봉지에 호미 등 같은 허리가 덜 아팠는데

지금은 약은 안 먹고 엉뚱한 것을 먹고 있답니다
약 먹을 것을 까먹기 일쑤랍니다

울 엄니는 올빼미처럼 점점 밤을 잃어가고 있지만
자식들이 한 번씩 왔다 가면 잠도 잘 자고
밥도 한 그릇 다 비운답니다

자식들이 용돈도 반년 치는 주고 가니까요
약발보다는 돈발이 오래 간답니다

맨날 먹는 신경통약보다는 간간이 오는
자식들 전화가 무릎을 덜 아프게 한답니다

울 엄니는 작은 키에 개미 등 같은
가는 허리가 호미 등처럼 굽어
점점 이마가 땅에 가까워지고 있답니다

울 엄니는 얼굴이
밭이랍니다
얼굴에 밭이랑 같은 주름살이
눈물길이 되어 더 패인 답니다

울 엄니는 못 하게 한 밭일을 하느라
손마디가 몇 십 년 된 갈퀴처럼
뼈마디만 앙상하답니다

울 엄니는 그날그날 빨래하기가 힘들어
흙 범벅이 된 몸뻬 바지를 몇 달째 입고 있답니다

그런 몸빼 바지도 자식들이 온다면
감추느라 정신이 없답니다

오늘도 울 엄니는 무명실 같은 하루하루를
하루살이처럼 이어가고 있답니다

백합꽃이 필 때면

백합꽃은 밤에 피었다가
아침이면 해맑은
함박웃음으로
아침을 반긴다

백합꽃은 저녁에 피었다가
아침이면 그 옛날 유성기 나팔처럼
남인수의
"추억의 소야곡"을 들려준다

백합꽃이 필 때면
마당에 멍석 깔고 빙 둘러앉아
모내기꾼들 저녁밥
먹던 일이 생각난다

백합꽃이 필 때면
큼직한 가리비 껍데기로
모내기꾼들 저녁밥 푸던
울 엄마 얼굴이 그리워진다

학 자스민

오월!

만춘의 양광이 봄날 오수처럼
유리 창가에서 졸고 있다

창가에는 목이 길어 학이 된
자스민 수십 마리가 앉아 있다

저리도 약한 몸매에 어떻게
그리도 많은 학을 낳았을까?

너의 미태에 나는 눈이 멀었고
너의 미향에 나의
후각은 마비되었다

너는 수많은 학을 잉태하고
출생하기까지

삼백 예순 날을 잠 못 이루고
지새웠지만

나는 너를 품는데 기껏해야
몇 날 밤밖에 뒤척이지 않았다

이제 나는 펴야 하겠다
네가 떨어져 누울 자리에

떠나간 연인이 건네준
하얀 손수건을

그리고 너의 마지막
활공과 비상을 위해

브람스의 '헝가리 무곡'을
준비해야겠다

너의 꽃말은 "너는 나의 것"이지
내 꿈을 위해
내 남은 모든 것을 바쳐야겠다

긴 이별

자네가 먼저 말했지
형으로 부를 테니 말 놓으라고

내가 전화했지
집에 와서 생낙지 탕탕이 한번 먹자고

자넨 자꾸 다음에 다음에 하자고 하더니만
먹어 보지도 못하고 가셨네 그려!

언젠가 자네가 지나간 길에
우리 집에 잠깐 들러

돌 의자에 잠시 앉아
이 돌이 꿈에 본 몽석이라 해서

웃음 짓는 얼굴이
자네의 마지막 모습이었어

자넨 살아온 세월보다

살아갈 세월이

봄 소풍 가을 여행

많지 않을 나이이지만
그래도 너무 서운하네

더군다나 자네는
지금까지 해온 일보다

앞으로 할 일이
더 많은 사람이면서

무엇이 그리 급해
서둘러 가셨는가?

아니 자넨 가지 않았어
자넨 나에게 영원한 사람이야

늘 잘 있게!

말

말이란 단어는
하고 싶은 말보다

하지 말아야 할 말이
엄중해서 말이라
했나 봅니다

사람이 몸에 안 좋은 것이
더 당기듯이

하지 말아야
할 말을 더 하고 싶어
하는지 모릅니다

연산군의 신언 패처럼
말 많은 사람은
마음의 신언 패를 달아야 하겠습니다

봄 소풍 가을 여행

애기사과의 봄 소풍

원예학교 애기사과 꽃 소녀들이
완도로 봄 소풍을 왔다네요

알리지도 않았는데
어떻게 알았는지 벌떼 총각들이

꽃 소녀들 주위를 윙윙대며
앞다투어 희롱을 하네요

풋사과 같은 새내기 가이드가
관광지 안내를 해 주었더니

영탁의 전복 맛에
완도에서 살고 싶다고

빈집 구해 달라 막무가내
떼를 쓰네요

비쌀 텐데……

완도 섬사람들

섬사람은 강합니다
사는 것이 서러워서
강합니다

섬사람은
얼굴이 검습니다
하얀 얼굴이
사치스러워 검습니다

섬사람은 민낯입니다
밀물이 비껴간 갯벌처럼
섬사람은
꾸밈이 없습니다

섬사람은 다 받아 줍니다
받아 주어서 바다처럼
섬놈이라고 비아냥해도
그저 받아 줍니다

오늘도 섬사람은
짱뚱어처럼 살아갑니다

봄 소풍 가을 여행

누군가가

누군가 내 글을 읽고
내 손을 잡아 주었으면 좋겠다

누군가 내 글을 읽고
밤잠을 설쳤으면 좋겠다

그러나 나에게는
그런 글이 없다

나는 그런 글을 쓸 수가 없다

꺼지지 않는 횃불이여

먹이 사냥하는 매의 눈초리 같은
매서운 감시를 어찌 넘기셨습니까?

죽음보다 더 고통스런
차라리 죽고 싶은 그 고문을 어찌
참아 내셨습니까?

광풍이 휩쓸고 간 들녘에
짓밟히고 꺾이고 뽑힌 들풀들의
신음 소리에 까마귀들도
차마 울지 못했습니다

미친 바람 지나간 뒤
집안은 풍비박산이고
마을은 쑥대밭이었습니다

이제 와서 훈장으로 서훈으로
어찌 하나뿐인 생명과
바꿀 수 있고
보상받을 수 있겠습니까?

그러나 당신들의 의거는
영원히 꺼지지 않는 횃불로
영원히 내려지지 않는 태극기로
영원히 시들지 않는 무궁화로

우리들 가슴 가슴마다에
오래오래 간직될 것입니다

불사조가 되어 영원하소서!

완도의 봄

완도의 봄은 한겨울
내내 바닷물 속에서
몸을 불렸다가

진달래꽃 피기도 전에
섬 아낙네 밥상에
푸짐하게 내려앉는다네

완도의 봄은
강남 제비보다
먼저 왔다가

영등사리 때에
개나리꽃처럼
활짝 핀다네

완도에는 해변 가요제
가수왕 출신인
"장 콕토"의 귀처럼 생긴
소라 껍질이 산다네

"엄마야 누나야 해변 살자"

"완도 해변 살자"

회한

당신과 오십여 년
울고 웃으며 살아오면서
지금껏 당신의 뒷모습은
잊고 살았습니다

등 뒤에 꼭꼭 숨기고
꾹꾹 참아 온
여자의 눈물을 나 몰라라
잊고 살았습니다

당신 얼굴의 주름은
지나온 삶의 굴곡이요
당신의 처진 어깨와
굽은 허리는 삶의 무게임에도

그저 그것은 누구나 거역
할 수 없는 세월의 흔적이라고
남의 일처럼 저만치 치부하며
편하게 생각해 왔습니다

화풀이한다고

툭 던진 한마디가
대못으로
당신 가슴에 박히고

한순간의 호기와 현실 도피가
천근만근 돌 무게로 당신을 짓눌러
어깨는 처지고 허리가 굽어진 것을
바보처럼 이제야 알았습니다

여보! 오늘 설거지는 내가 할게

그것도 하루뿐이다

오선지

산다는 것은
오선지를 그리는 것입니다

오선지 안에 인생이 있고
오선지 안에 삶이 있습니다

오선지 안에 오행이 있고
오선지 안에 오방이 있습니다

오선지 안에 오감이 있고
오선지 안에 오미가 있습니다

때로는 내가 작곡가가 되고
때로는 내가 작사가가
되기도 합니다

때로는 내가 가수가 되고
때로는 내가 관객이 되기도
합니다

때로는 음표가 꽃망울일 때도 있고

봄 소풍 가을 여행

때로는 음표가 눈물방울
일 때도 있습니다

오선지 위의 길이
당신과 나의
꽃길이고

오선지 안의 노래가
당신과 나의 찬가가
되었으면 좋겠습니다

아주 가지 않노라 하시더니

임은 갔습니다
눈물 같은 낙엽 따라
임은 갔습니다

가도 아주 가지
않겠노라
하시더니

봄이 오기 전에
기러기보다 먼저
오겠노라 하시더니

기다린 세월 세 번
바뀌어도

까맣게 탄 가슴에
저녁노을만 빨갛게
물듭니다

엄마 얼굴

보름달은
그냥 엄마 얼굴입니다

보름달만 뜨면
엄마 얼굴 그리려고
얼마나 올려다봤는지

엄마 얼굴 야위어 가듯이
그 둥근 달이 밤마다
시나브로 야위어 갑니다

가을밤 야윈 달빛에 실려
짝 잃은 기러기 엄마 찾아
북으로 북으로 날아갑니다

출산 미역

딸아이 등에 업고
공무원 시험 준비에
하루가 짧았다

시험 치러 갈 여비가 없어
둘째 아이 출산 미역 팔아
겨우 시험 치러 갈 수 있었다

한 동네 어떤 분은 서울 갈 여비도
대줄 수 있게 여유가 있었지만

나는 그런 여유가 없었고
비가 오면 방 안에
세숫대야 놓느라 방 안이 좁았다

그런 시험에 3등으로 합격했다
그날 집사람이랑
웃으면서 원 없이 울었다

가슴에 둥근 달을 품고

엄마 올 추석은
일이 바빠 못 내려갈 것 같은데요

"아니다"
"너희들 몸만 성하면 일없다"

늙은 소나무 껍질 같은 엄마의
손등이 움푹 팬 눈가를 스칩니다

금년에도
영원히 지지 않는 둥근 달은
엄마의 가슴속에서 잠들고
있습니다

3부

가을, 그리움과 회상

콩의 눈물

한 번쯤 된장국이
그리울 때면

콩의 눈물을
생각하십시오

힘 있는 자에 의해
집은 뜯기고
얼마나 몽둥이로 두들겨 맞았는지

어디 한곳 성한데 없이
온몸이
누렇게 멍들었구나

어떤 놈은 팔자 좋아 종자로 대접받고
운 없는 너는 한 뿌리 동기생인 콩대 살라
솥 속에서 울고 있구나

오늘!
나의 입안을 감미롭게 하는 된장국이

봄 소풍 가을 여행

너의 눈물인 것을 이제야 알았구나

사랑하는 콩아 고맙다

슬픈 자화상

애 말이오
점심 잡수란 말이오

할머니 점심상 차려 놓고
할아버지 부르신다

할아버지 상 앞에 앉자
할머니 밥솥에 다가간다

밥솥 뚜껑 열자마자
할머니 질겁을 한다

워매! 워매!
이것이 먼 일이란가!
쌀이 그대로 있는디라우

할아버지 역정을 내신다

자네 왜 이런가

큰일이시

치매네 치매

할머니 방

할머니 방에는
보는 것 한 가지와
듣는 것 한 가지밖에 없다

보는 것은 깜박거리는 티브이이며
듣는 것은 낡은 전화기 한 대뿐이다

한 해가 다 가지만
오늘이 며칠인지도 모른다

가끔 자식들로부터 전화가 와도
귀가 먹어 한참을 씨름한다

이제는 자식들로부터 전화도 없다
티브이도 먹통인지 오래다

이제는 할머니 방에
할머니밖에 없다

할머니는 오늘도
하루씩 죽어 간다

짧은 이별

어느 날 십 년을 같이 살아온
애완견 달봉이가 집을 나갔다

나는 윗길로 아내는 아랫길로
온 동네를 뒤지며

달봉아! 달봉아! 외쳐 댔다
지쳐 돌아온 우리를 반기듯

달봉이는 대문 앞에서
우리를 기다리고 있었다

달봉이처럼 없으면
못 살 것 같이

나를 찾아 줄
그런 사람이 있으면 좋겠다

아니 누군가에게 내가

아니면 못 살 것 같은

그런 내가 되었으면 좋겠다

뒷산에서

가끔 삶이 지칠 때면
마을 뒷산에 올라
멍때리기 합니다

멍하니 앞바다
내려다보면 풀 속 까투리
비둘기 부르고

비둘기 날아와 구구구
구구단 외웁니다

구구단 소리에
잠 깬 다람쥐
도토리 도시락 싸 와
같이 봄 소풍 가자 합니다

모닥불

따뜻한 사람은
말이 모닥불입니다

웃음으로 불쏘시개를 해
모닥불을 피어봅니다

오늘같이 추운 날은
남에게 모닥불 같은
사람이 되었으면 좋겠습니다

엄마 생각

추야 삼경 엄마 생각에
무명실 같은 질긴 그리움
엄마 물레에 감아봅니다

실낱같은 달빛도
잠 못 이루어
빈 창가를 기웃거리는데

홀로 지친 그리움
찬 서리 되어
풀잎에 내려앉습니다

봄 소풍 가을 여행

까마귀 울음소리

간밤에 그리도 서럽게
피눈물 울어 대던
소쩍새 몸부림에

오늘따라 청승맞은
검디검은 까마귀 울음소리

할머니 바로 서지도 못한 채
한 손은 유모차에
다른 한 손으로 훠이 훠이

까마귀 쫓는 할머니 저린 팔이
시든 꽃잎 떨어지듯
힘없이 내려온다

당신을 데리러 온 저승사자인 양
오늘도
훠이! 훠이!

청산도 아리랑

내 고향에는 슬픈 영화 같은
이야기가 전설처럼 내려오고
있습니다

"속 모르면 청산으로 시집가라"는

말이 씨가 됐는지
속도 모르는 청산으로
시집을 갔더랍니다

그곳에는 정신대를 피해
시집온 가슴 시린 사연도 있었고

소나무 등껍질 같은 모진 가난에
흉년의 띠 뿌리 같은
굶주림도 있었습니다

그러나 그곳은 청보리 넘실대는
이끼 낀 돌담 인심

호박꽃으로 피어나는

봄 소풍 가을 여행

어머님 품속 같은 살고 싶은
섬이었습니다

동백꽃 지던 날

십년 한파도 끄떡없던 너였는데
간밤 무서리 얼마나 매서웠으면

십일 홍도 버티지 못하고
꽃다운 새파란 나이에
몸을 눕혔느냐

동박새 동백꽃 진자리 홀로 지키며
한숨만 눈물에 말아 삼키고
삼 일을 굶은 채

삼년상 치르듯 하루가 일 년 같은
삼 일을 밤새웠구나

동박새 동백꽃 가슴에 묻고
밤길 잡아 花女 곁을 떠났단다

봄 소풍 가을 여행

꽃길

한여름 앞마당에
백합꽃 다소곳이
앉아 있습니다

아침 안개처럼
백합 향기 땅 위에
깔려 있습니다

여보!
맨발로 마당을
걸어 봐요

당신이 가는 길은
향기를 밟고 가는
꽃길입니다

당신이 가는 길에
백합 향기 꽃길이
되고 싶습니다

동백

지난겨울 혹한에도
잎새 하나 상하지 않고
의연하게 서 있는
마당 어귀 동백나무

엄동을 이겨 낸 꽃망울도 고마운데
인동의 결실인 동백 열매까지
달고 있구나

너를 보면 울 엄마 생각이 난단다
울 엄마는 살아생전에
늘 삼단 같은 머릿결에
동백기름을 바르시곤 하셨지

네 덕분에 팔십이 넘는 고령에도
젊은 여인처럼
흰머리 한 가닥 없는
윤기 나는 검은 머리를 하셨단다

유월 한나절 쏟아지는 햇볕에

울 엄마 머릿결 같은
너의 윤기에 눈이 부시구나

어느 도사의 낚시 이야기

도사님!

낚시꾼 삼십 년에
아직도 낚시가 무엇인지
잘 모르겠습니다

한 말씀 해 주시지요

도사 왈!
낚시에는 세 가지
필요 조건이 있다네

수온, 수색, 조류
따뜻한 온도, 적당한 흐림,
시원한 흐름

사람도 마찬가지야

먼저 가슴이 따뜻해야 해
그리고 소탈하고 털털해야 하네
거울같이 맑은 물에는 고기가 없다네

다음으로 막힘 없는 소통이 필요하지

낚시는 기다리는 종합 예술이야
마음을 비우고 끈기 있게 기다리면
언젠가는 기회가 오는 거지

기회가 오면 바로 순간 포착
인생 역시 챔질이라네

춤 · 노래 한을 품다

여인이 춤을 춥니다
흰 버선을 신고
살풀이춤을 춥니다

여인은 몸으로 웁니다
흐르는 땀이 눈물입니다

여인의 춤은
육신의 통곡이요
여인의 노래는
영혼의 몸부림입니다

여인의 한이
흰 버선코 끝에 맴돌다
가녀린 손끝에
아스라이 매달려 있습니다

한이 많은 한국 여인
한이 땀으로 흐르고 굳어

슬픈 대리석 조각상처럼
미동이 없습니다

고향 예찬(신지 8경)

1경) 명사십리

이세보의 피맺힌 한
서리서리 깃든 곳
명사십리 모래 울음
기러기 부르고
그 소리 십 리 밖이니
천리 한양 언제 닿으려나

2경) 신지대교

너울너울 부채 날개 손짓
고향 찾은 나그네
어서 오라 반기는 곳
신지 큰 다리 갈매기 한가롭고

3경) 상록제암

작은 암자 영주암 보일 듯 말 듯
코끼리산 휘감은 엷은 사 안개구름
금년 봄에 시집갈 산비둘기 면사포

같구나

4경) 항일성지

임재갑, 장석천 선생 항일 투혼
횃불로 타오르고
노학장맥 병풍 삼아 우뚝 선 충혼탑
그 불빛 큰 들녘 비추고도
남는구나

5경) 독계령

친정 소식 힘겹게
이고 지고 나르느라
닭 고개 늙은 학
허리 휘어 작아지고
숱진 머리카락 한 올밖에
안 남았네

6경) 동고송림

신두지 끝 동네 옛 마을 동구지
늙은 송림 그늘 속에
청포도 사랑 알알이 익어가고
신년 해맞이 소원 비는 손마디가
저리도록 애절하다

7경) 혈도

소등도 한 뼘 건너 구멍 뚫린 섬
물새들 놀이공원 혈도
비우고 허하게 살라고
뚫리고 찢겼나

8경) 모항 절벽

태곳적 갈매기 알 낳고
산후조리 하던 곳 모항도
널려 있는 띠발장에
돌김 떠서 구워 먹고

봄 소풍 가을 여행

대나무 낚싯줄에 줄줄이 올라온
허리춤 양은 도시락 반찬
그 시절 쏨뱅이, 볼락 맛이
서럽도록 그립구나

이제는 갈매기 말고
움막살이 집 한 채뿐
한 칸은 섬지기 방이요
다른 한 칸은 신혼 갈매기
세 든 방이로다

함부로 하지 마십시오

남에게 함부로 화내지 마십시오
당신의 하찮은 분노가
남에게는 폭탄이 될 수 있습니다

농담이라도 남에게 함부로
말하지 마십시오
당신이 무심코 내뱉는 한마디가
남에게는 뽑을 수 없는
가슴의 못이 될 수 있습니다

남의 등 뒤라고 함부로
험담하지 마십시오
당신의 혀는 당신도 찔리면 죽을
칼날로 당신의 등을
향할 수도 있습니다

있다고 함부로 하지 마십시오
당신의 돈 때문에 돈으로
메울 수 없는
당신의 무덤을 팔 수도 있습니다

봄 소풍 가을 여행

높은 자리라고 함부로
휘두르지 마십시오
당신의 높은 의자는 어쩌면
당신도 떨어지면 죽을
높은 벼랑일 수도 있습니다

오늘도 당신의 따뜻한 말 한마디
꽃 같은 당신의 미소가
살맛 나는 세상을 만듭니다

억새들의 가을빛 축제

가을 들녘 천변에서
억새들의 가을빛 축제가 열린다
바람님의 지휘에 맞춰
억새들의 합창이 장엄하게 울려 퍼진다

이어서 하얀 발레복을 입은
억새와 참새들의 군무가
화려하게 펼쳐진다
여기저기서 새들의 날개 박수와 함성에
장내가 떠나갈 듯하다

이어지는 새들의 공중 서커스
곡예사들이 억새 그넷줄에 매달려
공중그네를 탄다

세 마리가 한 그넷줄에 매달리다
한 녀석 순간 부양
아찔함에 장내는 숨을 죽인다

시간 가는 줄 모르게
해님 큰 조명이 꺼지고

반짝이는 별빛 조명이 켜지자
이제야 축제 막이 내린다

오늘도 기원합니다

남을 볼 때는 눈으로 보지 말고
마음으로 볼 것을 기원합니다

남을 얘기할 때는 입으로
말하지 말고 가슴으로
말할 것을 기원해 봅니다

남의 얘기를 들을 때는
귀로 듣지 말고 마음의
귀로 듣기를 기원합니다

마음 없이 보고 듣는 것은
視와 聽이요
마음 담아 보고 듣는 것은
見聞입니다

언제나 당신은 나의 멘토로
당신으로부터 나의 부족한
견문을 넓히기를 기원합니다

외갓집 가는 길

외갓집 가는 길
황토 이십 리

엄마 손잡고
고갯길 두 번 넘어
터벅터벅 이십 리

아이고!
우리 외손주 왔구나
내놓으신 할머니 표 홍시 한 접시

창호지에 신우대 붙여
만들어 주신 할아버지 표 방패연

이제는 할아버지 할머니
방패연 타고 하늘 가시고
엄마도 아니 계신다

장독대

마당 한 귀퉁이
엄마 손때 묻은 항아리들
엄마 손길 기다리고 있다

엄마 표 간장이며 된장, 고추장
다 내주고
이제는 밑바닥 속살 내보이며
옛 그리움만 담겨 있다

먼지가 앉을 새도 없이
닦아 냈던 항아리들
지금은 거울 같던 윤기마저
빛을 잃어 가고 있다

한겨울 장독대에 정화수 떠 놓고
자식들 잘 되라고 얼마나 빌었던지
그 자리에는 눈도 쌓이지 않았었지

금년 겨울에는 그 자리에도
엄마의 혼백인 양
눈이 쌓이겠지

목련화

남도의 목련은 이른 봄
조숙한 처녀의 부푼 가슴처럼
꽃망울을 머금고 있다

소갈머리 없는 꽃샘추위가
언제 올지도 모르면서

저리도 얄브스름한
잠자리 속치마 같은
홑꽃잎으로 버티고 있을까?

어느 날 광인처럼 찾아온
늦추위에
만개의 미소 가슴에 묻은 채

목련은 그렇게
조락의 천 길 낭떠러지
낙화암의 전설이 되었다

당신의 미소

어두운 물속 해삼 잡듯
아무리 더듬어 봐도
여태껏 당신에게 잘해 준 것
하나 없습니다

더군다나 그렇게 한 번만이라도
하고 싶어 했던 귀걸이마저
해 주지 못했습니다

오늘따라 환하게 웃는 당신의
입꼬리가
귀걸이처럼 양 귓불에
걸려 있는 걸 보니
마음이 아리고 미어질 것 같습니다

꽃보다 예쁜 당신의 미소에
벌, 나비들이 춤을 추고 있습니다

4부

겨울, 고요한 사랑과 추억

당신의 밥상

당신과 밥상을 마주해 온 지
오십 년
어머니의 음식 맛 향수에 젖어
당신의 고마움을 잊고 살았습니다

때로는 아이처럼 투정도
부렸습니다
그러나 아니었습니다
사람 마음처럼 입맛도 간사함을
알았습니다

이제는 압니다

당신이 차려 준 밥상은
세상 어느 밥상보다
더 풍성한 성찬입니다

당신의 밥상에는 당신의 사랑과
정성이 가득 담긴 접시 하나가
더 있기 때문입니다

당신이 있어 나는
날마다 행복합니다

요양원에 계신 어머니
코로나 때문에
면회도 못 가고 있습니다

올해 장마 때문에
휴대폰마저
수장되고 말았습니다

코로나가
장마가
우리 어머니를 데려가셨습니다

외아들 홀로 금지옥엽처럼
키워 오신 어머니!

등 떠밀듯이 요양원에 보낸
못난 아들은
세상에 몹쓸 불효자식입니다

엄마의 자장가

귀뚜라미 애잔한 울음소리에
뜬 눈으로 뒤척이는 불면의 밤이
하얗게 바래집니다

창가에 한 아름 쏟아지는 달빛에
지친 영혼도
서럽게 바래집니다

올 추석 달은
영락없는 하늘나라
엄마의 얼굴입니다

"내일 일을 생각해
어서 자거라"

엄마의 따스한 음성이
자장가처럼
달빛에 실려 옵니다

지난 추위
맨몸으로 이겨 내고

봄의 나팔수처럼
삐죽삐죽 돋아난 새싹들

금년 여름에는 푸짐한 그늘
카펫처럼 깔아 주었지

여름 햇볕 얼마나 더웠던지
빨갛게 타 버린
주먹만 한 대봉 홍시
우리 손주들 아이스 홍시
해 주어야지

이제는 마지막 남겨 둔
까치밥마저 땅에 떨어지고
까치도 오지 않는다

제비의 새벽 기도

삼진날이 되어야
제비가 온다는 것을
시인은 미처 몰랐습니다

뒤늦게 제비가 먹이 사냥하는
하늘을 보고서야
봄이 왔음을 알았습니다

제비의 새벽 기도
"지지비비" "지지비비"

시인은 제비의 새벽 기도에
제비의 가르침을 제비가
떠난 뒤에야 알았습니다

몽매한 인간들아!
시시비비(지지비비)를
가르지 마라

힘든 하루

장대비처럼
쏟아지는 뉴스에
머리가 어지럽습니다

높은 양반들
밥 먹듯 하는 싸움판에
맥없는 사람들이
너무 힘듭니다

그나마
김연자의 "아모르 파티"에
지친 마음을 달래고

송가인의 "한 많은 대동강"에
개미허리같이 야윈 하루를
뉘어 봅니다

옹이가 된 세월

임은 가시었습니다
돌아올까 봐
기다린 세월
옹이가 되고

엄마의 간절한 기도에
죽은 나무에
새싹이 돋아납니다

오월 어느 날
광주 하늘에
헬리콥터 같은

까마귀 울음소리
총알이 되어
산 자의 가슴에 와 박힙니다

나를 슬프게 하는 것들

돈이 있고 없음으로
귀하고 천함이 가늠되는 세상이
나를 슬프게 합니다

돈이 있으면 살릴 수 있는
어린애가
돈이 없어 죽어 가는 세상이
나를 슬프게 합니다

돈 때문에 재산 때문에
물보다 진한 피를 나눈
형제 사이가 부모 자식 사이가
남이 되는 세상이
우리를 울게 합니다

돈 많은 친구를 더 우러러보고
돈 많은 자식에게 더 기대어지는
현실이 나를 아프게 합니다

보름달

밝은 달은
당신 마음입니다

둥근 달은
당신 얼굴입니다

둥근 달에도
주름이 있듯이

주름진 당신 얼굴도
나에게는 달덩이입니다

당신은 내 마음속에
늘 늙지 않는 보름달로
떠 있습니다

당신이 있어 어두운 밤에도
내 마음은 대낮처럼 밝습니다

아름다운 것들

사막이 아름다운 것은
낙타가 있어서가 아니고
오아시스가 있어서입니다

바다가 아름다운 것은
갈매기가 있어서가 아니고
섬들이 있어서입니다

하늘이 아름다운 것은
낮달이 있어서가 아니고
구름이 있어서입니다

미소 짓는 얼굴보다
사랑스런 뒷모습이 아름다운
그런 사람이 되기를

시린 두 손 모아
간절히 기도합니다

봄 소풍 가을 여행

어떤 소녀

어느 날 장보고 유적지에서
문화 해설사 활동을 하고 있었다

구경하러 온 엄마와 어린 딸에게
내 간식용 빵을 주었다

구경 후 돌아가며 소녀가
클로버 꽃다발을
한 묶음 건네주었다

세잎클로버 꽃말처럼
그날 내내 나는 행복에
겨웠다

민방위 소집

꼭두새벽 비상인가 보다
귀뚜라미 호루라기 소리에
민방위 귀뚜라미들 혼쭐이 난다

호루라기 소리
그치지 않은 걸 보니
귀뚜라미 단단히 뿔났나 보다

지각한 놈들 눈을
비비며 기어 온다

다름

나와 당신은
다름이지 틀림이 아닙니다

나와 맞지 않다고
다름이 틀림일 수 없습니다

어제는 다름이
오늘은 틀림일 수 없습니다

다름을 틀림으로 여긴
당신이 틀림일 수 있습니다

다름도 나이고
틀림도 나입니다

회상

나의 국민학교 졸업식에 큰아버님이 참석하셨다
중학교 진학을 못 한다는 말씀에 나는 학교 돌담에
그만 엎드려 울고 말았다

큰아버님의 도움인지
나는 광주 야간 중학교에 입학하였다

아버님이 군인 더블 백에 가득 담은 식량과 반찬 등을
싣고 새벽에 마량까지 한 시간 넘게 노를 저어 실어다 주셨다

식량이 떨어져 삼 일간 굶기도 하고 운동화가 다 헤져
옷핀으로 걸어 메고 다니기도 했다

신문 배달을 하던 어느 겨울날 신문 독자인
병원 중환자께서 군밤 몇 알을 손에 쥐어 주셨다

나는 군밤 개수만큼 굽실거리며 "고맙습니다."를 연발했다
다음 날 그분에게 배달을 갔는데 그분이 안 보여 물어보니 돌아가
셨다고 했다

나는 그날 내내 울면서
하루를 보냈고 그 후에 신문 배달을 그만두었다

당신

여름 내내 울림으로
다가온 당신

낙엽 지니
떨림으로 다가옵니다

이제
마지막 잎새마저
지고 나면

회한의 긴 한숨으로
제야의 촛불을
켜야겠지요

당신을 위하여!

어느 노부부

오늘도 천근만근 몸을 이끌며
바다로 나간다

갈 때는 천근이요, 올 때는 만근이다

통발 몇 개 올렸지만
잡힌 것은 고작 우럭, 쏨뱅이 몇 마리뿐

배 가라앉게 내뿜는 한숨 소리만 시리도록 짠하다

나이 팔십 줄에 이제 그만 쉬세요
주위의 간언에도

아니여 죽는 날이 쉬는 날이여!

명사십리 판타지

울 모래 갈매기
창공에서 춤추고

모래 고동 모래 속에서
숨바꼭질한다

맨발로 걷는 연인들
밀어로 꽃피우고

명상 테라피실
싱잉볼 울림에

잃어버린
참 나를 찾는다

봄 소풍 가을 여행

마음이 먹는 것

사람이 입으로 음식을 먹듯이
마음으로도 먹는 것이 있습니다

음식을 먹을 때 절제를 해야 하듯이
마음으로 먹는 것도 절제를 해야 합니다

마음으로 먹는 것은 욕심입니다

욕구는 채울 수 있지만
욕망은 탈이 많으면서
먹어도 먹어도 배부르지 않습니다

지나친 욕망은 화를 부르면서
자신을 다치게 하고 남에게 피해를 줍니다

오늘은 나의 마음 어두운 곳에 있는
욕망의 방을 치우고
거기에 예쁜 책꽂이 하나 들이렵니다

단상

잠자리도 쉬고 있는
여름날 오후!

부침개 같은 는개비
실눈 감추듯 내리고 있습니다

임 향한 그리움 타는 갈증에
마음의 텃밭에 제라늄 한 그루 심어 봅니다

봄 소풍 가을 여행

신지도 명사십리

명사십리의 파도 소리는
모래의 통곡이어라

통한을 품은 모래 울음
그 울음소리 십 리를 간다 해서
명사십리라 했던가?

신지도로 유배 온
조선말 비운의 왕손 이세보!

명사십리를 찾은
이세보의 토혈의 절규!

"내 마음처럼
모래 너도 울고 있구나"

오늘도 모래 울음은
천상을 헤맨다

녹음

푸르름!

너는 곧 젊음이고 약속이요
희망이고 미래이다

네가 있기에
우리는 설한을 참아 내고
인동의 아픔을 이겨 왔다

친구야!

오월의 친구야
일상을 일탈하라

삶에 지친 자들이여
나에게 오라

숲속의 심연에서
심호흡을 해 보자

고요 속에서 요동치는

생명체의 음악을 감상하자

거기에서 삶의 생기를 마시고
순수와 느림의 미학을 배우자

헌사

아버님의 시를 읽고

김유
(시인의 아들, 『여보! 다시 결혼하자』 저자, 이담북스 출판)

이제, 아버지의 시집 마지막 장을 천천히 넘깁니다.

한 줄 한 줄 따라 읽다 보면,
그 안에 살아온 날들의 숨결이 고스란히 스며 있습니다.

당신의 시는 그 자체로 삶이었고,
함께 걸어온 시간의 고백이었습니다.

그 모든 순간 앞에,
아들은 마음을 다해 고개를 숙입니다.

이 시집의 마지막 페이지가
두 분의 시간에 따뜻한 숨결처럼 닿기를,

그리고 이 마음이 조용히 오래도록 머물기를
오늘, 저는 기도합니다.

이어지는 글은 『여보! 다시 결혼하자』에 실린 수필 '부모님을 보았
다'입니다.
부모님의 한없는 사랑을 담기에는 너무 작은 글잔이라 생각합니다.

봄 소풍 가을 여행

이제 마지막 문장을 조심스럽게 넘기며,
저는 가만히 기도하듯 되뇌어 봅니다.

당신은…
영원히 나와 함께 하실 거지요?

부모님을 보았다

일 년 넘게 만의사 약수를 먹고 있다.
지난밤 '여보! 물이 떨어져 가요.'
아내의 부탁이 생각나 아침 댓바람부터 길을 나섰다.
절 입구에 산책 나온 스님이 허리를 굽혀 뭔가에 열심이다.

가까이 가 보니 나뭇가지를 들고 찻길에서
안전한 가장자리로 지렁이를 옮기고 있었다.
생명을 구한 지렁이가 스님에게 감사 인사라도 하듯 꿈틀거렸고
불심에 놀란 내 가슴도 꿈틀거렸다.

약수를 받으며 무봉산을 바라보았다.
봉황이 춤을 추는 모습을 닮았다 하여 무봉산이라 이름 지었다고
한다.
봉황의 품에 자리 잡은 만의사!
천육백 년 전 인도 고승이 범종, 불경, 불사리를 가지고 지나던 중
오색구름이 영롱하게 피어올랐다고 한다.

어머님 태 속과 같은 명당에 만의사를 지었고
서산대사, 사명당 등 훌륭한 스님들이 기도를 드렸다 한다.
유서 깊은 천년 고찰이다.
약수가 통에 가득 찰 무렵 허리를 펴고 산사를 바라보았다.

한 줄기 바람이 무봉산 능선을 타고 경내로 내려왔다.
풍경 소리에 놀라 일주문 쪽으로 달음질치더니 벚나무 잎사귀에 사
뿐히 앉았다.
바람을 따라가던 시선이 한곳에 멈췄다.

한참을 그 자리에 서 있었다.

일주문 앞 한 쌍의 벚나무!
거기에 아버지 어머니가 서 있었다.
왼편에 두꺼운 검버섯 껍질 옷을 두르고 오른팔 없이 서 있는 나무!
그 나무를 보고 있자니 아련한 기억이 떠올랐다.

아버지는 88오토바이를 타고 면사무소로 출퇴근을 하셨다.
내가 중학생이던 어느 여름밤!
누군가 정신 잃은 아버지를 업고 집에 왔다.

얼굴과 다리는 피로 물들어 있었다.
칠흑 같은 밤 집에 오시다 사고를 당하셨다.
그 벚나무에서 아버지를 보았다.

아버지 나무 오른쪽 키 작은 나무!

몸통 위가 썩어 잎이 자라지 않는 나무!
아버지 사고가 있고 삼사 년이 지난 어느 가을날!

추수하시다 후진하는 콤바인에 다리가 부러지셨다.
아직도 어머니 다리 속에는 철심이 박혀 있고
지금도 다리를 절고 계신다. 키 작은 왜소한 나무는 어머니를 닮았다.

당신은 얼마나 많은 천둥번개에 팔을 잃으셨나요?
당신은 누굴 위해 사시다 피투성이가 되셨나요?

당신은 얼마나 많은 비바람에 키가 작아지셨나요?
당신은 왜 그런 삶을 사시다 다리를 다치셨나요?

당신은 봄이 오면 영원토록 꽃 피우실 거지요?
당신은 내 곁에서 오래도록 살아 계실 거지요?

(『여보! 다시 결혼하자』 중 일부, 이담북스, 김유하)

봄 소풍 가을 여행

봄 소풍 가을 여행

ⓒ 김권채, 2025

초판 1쇄 발행 2025년 5월 30일

지은이   김권채
펴낸이   이기봉
편집   좋은땅 편집팀
펴낸곳   도서출판 좋은땅
주소   서울특별시 마포구 양화로12길 26 지월드빌딩 (서교동 395-7)
전화   02)374-8616~7
팩스   02)374-8614
이메일   gworldbook@naver.com
홈페이지   www.g-world.co.kr

ISBN   979-11-388-4318-8 (03810)